1er trimestre 2025

ISBN 978-2-38638-112-6

Ainsi va la vie

Catherine Désilles Belot

Ainsi va la vie

Encres de Hernan Jara

Éditions Unicité
3, sente des Vignes
91530 Saint-Chéron

Contacts

Catherine DÉSILLES BELOT :
catherine.belot@wanadoo.fr

Hernan JARA :
https://artconstruitinternational.odexpo.com/default.asp?page=15061&sm=&galerie=33773&lg=&ng=Hernan%20Jara

PRÉFACE

Qu'est-ce que la poésie ?... Sûrement l'art d'exprimer, sous une forme très personnelle, ses sentiments, ses regrets, ses désirs, ses déceptions, son mal-être, ses rêves, ses évasions...

Rimbaud, le marcheur illuminé, ne s'est-il pas incarné dans un bateau en perdition qui voyait des choses que l'homme n'avait pas su voir ? Exemple du créatif qui ne fut poète que pendant très peu de temps... Mystère de l'inspiration précoce, fugace, voire capricieuse...

La poésie, comme l'amour, il est vrai, n'a pas d'âge.

Certes, Catherine Désilles Belot, dont vous allez découvrir les compositions originales, est poète, mais la gestation de son art est née d'une vie intérieure qui s'est enrichie au fil des ans. Il lui a fallu la maturité de l'accomplissement, l'expérience de la vie et, finalement, le besoin de se révéler.

De ce fait, on pourrait s'attendre à trouver, sous sa plume, la nostalgie qu'éprouvent tant de poètes : le souvenir important d'un passé si présent, si prégnant et, parfois, si merveilleusement idéalisé !

La révélation, pourtant, est ici multiple.

Il faut se saisir de ses vers (et – peut-être – lire entre ses lignes) pour s'apercevoir que Catherine Désilles Belot les puise à de multiples sources nourricières : les gisements du bonheur, l'espoir, la joie, l'amitié, la générosité, l'humour, la spiritualité et, aussi, la sensualité et la volupté... L'humanité !

Catherine Désilles Belot touche donc à l'universel... Un universel que Hernan Jara, connu comme peintre abstrait et aquarelliste figuratif, a su illustrer de sa main amie.

Ouvrez la fenêtre sur cet espace de vigueur... un peu d'air frais pénétrera votre cœur.

Jacques LAMBERT

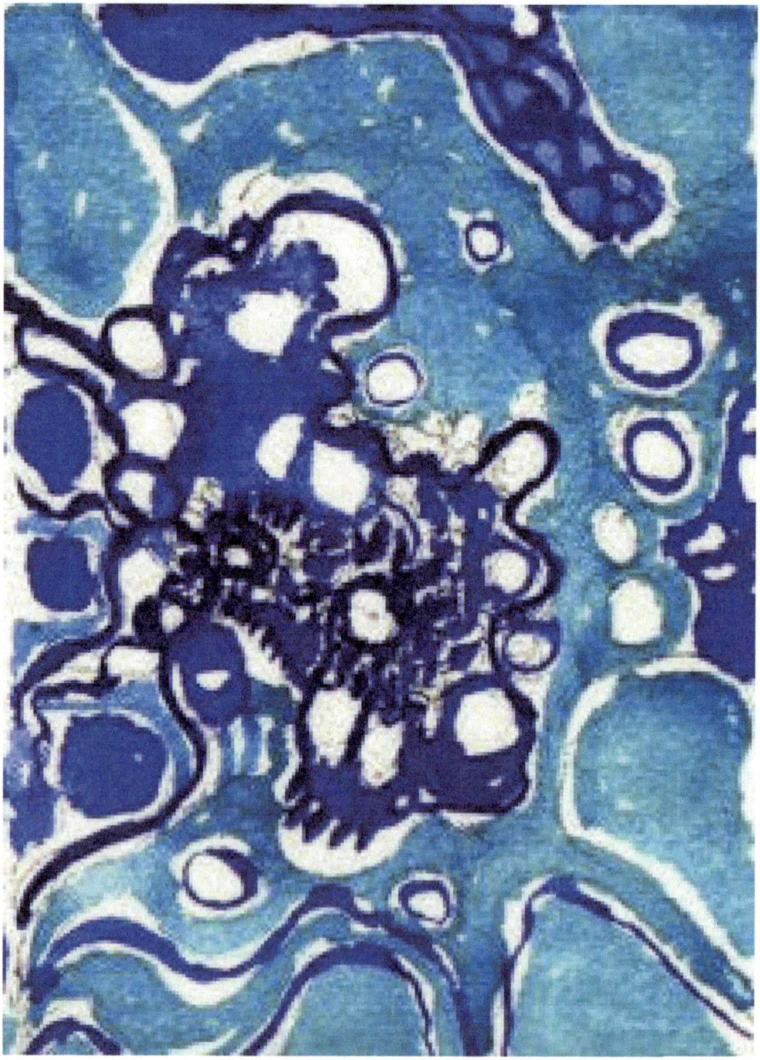

ÊTRE

Parler de soi
ne va pas de soi
à celui qui demande
qui êtes-vous ?
par-delà qui je suis
je lui réponds
je suis ce que je suis
la lumière et la vie aussi
l'endroit et l'envers
dans le même instant
celui du temps présent
l'univers
qui englobe le tout
l'espace fécond

du vide et du plein

du tout ou du rien

le point d'infini

où tout se relie

où le divin

épouse la matière

pour mieux se recréer

dans le manifesté

esprit et cœur unifiés

je suis l'indéfini

qui chante et rit parmi vous

qui montre son chemin

qui vibre son destin

pour mieux vous servir

et peut-être vous plaire

soyez indulgent

chacun fait de son mieux

chacun fait comme il peut

avec la vie, avec sa vie

sublime cadeau

qui n'a pas de prix.

10 janvier 2024.

CŒUR DE PLUIE

Tout va bien, je vais bien
madame la marquise
tout va bien, je vais bien
je marche comme un pingouin
tout va bien, je vais bien
je me dandine, je trottine
tout va bien, je vais bien
je fais comme je peux
pour rester debout
ancré dans mes souliers
et ne pas m'affaler
sur le sol mouillé
m'étaler comme une crêpe
au pied des escaliers

avoir l'air d'un con

et me faire tremper

par le déluge qui tombe

emporte tout comme une trombe

et va se déverser

dans un ultime pied de nez

flux dévalant

l'asphalte de la pente

flot roulant

dans une rumeur qui gronde

témoin de la puissance de l'onde

emporte tout sur son passage

dans un sillage pas si sage

où rien ne peut faire barrage

à la force décuplée

des éléments déchaînés

je vais bien, tout va bien
curieux petit refrain
qui trotte dans la tête
et tourne, tourne
danse sans fin
comme un mantra rassurant
quête d'un effet calmant
qui pourtant ne vient pas
apaiser l'angoisse de l'instant

flic, floc, il pleut encore et encore
dans l'arrière-cour de mes souvenirs
il pleut encore et toujours
ça dégouline sur mes amours
ça ruisselle dans le caniveau
naufrage de mes rêves
coulés dans le bateau
qui vogue et tangue

emporté par les flots

nuages noirs, temps bouché

lourdes nuées qui se déversent

il pleut à verse dans la rue

et ma vie part à vau-l'eau

regrets, remords, occasions ratées

pourquoi je n'ai pas su lui parler

lui dire combien je l'aimais

lui dire comme mon cœur pleurait

de ne pas oser s'exprimer

et dire la vérité

de rester muet et figé

à la regarder vivre et passer

sous mes yeux, sous mes fenêtres

et ne pas m'élancer, lui parler

rester là, comme un con

les bras ballants, le regard fuyant

paralysé par la peur

de dire les mots qu'il faut

de faire les gestes attendus

de lui crier mon amour vécu

ici, là, maintenant

pour moi tout est foutu

tu es partie, belle inconnue

dans ma rue tu ne repasses plus

j'attends et j'attends encore

les yeux rivés à ma fenêtre

que l'éclaircie te fasse apparaître

miracle de la vie

comme une douce embellie

ton sourire éclatant

étincelle au soleil revenu

prête à mordre la vie

à pleines dents

prête à rire de mes soucis
moi, pauvre fou
te regardant passant
et osant croire à la vie
aux cadeaux qu'elle donne
à chaque instant, à chaque moment
ici et maintenant
audace, oser
et tout peut arriver
il suffit d'y croire
avec autorité
il suffit de le vouloir
au-delà de l'espéré
désir intense de réalité
de ma vie transformée
de mon cœur transporté

maintenant je sais, je sais

que je suis prêt
à oser m'élancer
à oser m'affirmer
à dire tous les mots
que la situation exige
à faire tous les gestes
que mon cœur commande
à faire tout le reste
que mon être demande
pour ne pas être en reste
assis là sur la touche
et regarder, hagard, les autres
vivre leurs jours heureux
moi aussi j'entre dans la ronde
dans la danse

qui fait tourner le monde
dans la symphonie de l'amour
amour un jour, amour toujours
c'est ce que l'on dit
quand on n'a pas fini
de manger le plat de vie
affamé, inassouvi
ivre de se laisser emporter
par la chaleur du cœur
par la lueur de l'âme
et mordre à pleines dents
dans le pain de vie
de l'éternel présent
le beau gâteau de lait et de miel
la douceur suave du cœur réjouit

partager avec l'être aimé

les doux moments, cœurs enlacés

d'un quotidien d'un jour sans fin

de toute une vie qui n'est jamais finie

à la vie, à la mort

à la vie, à l'amour

amour toujours

quand tu nous tiens

je ne réponds plus de rien.

29 novembre 2021.

CHACUN SUR SON CHEMIN

Ainsi va la vie
chaque jour qui passe
qui passe et qui rapace
qui passe par ici
qui repasse par là
de-ci de-là, cahin-caha
à hue et à dia
à hue et à dieu
flux et reflux
de l'éternel bercement
de l'universel mouvement
depuis le fiat lux
jusqu'ici et maintenant

ainsi va la vie

chaque jour qui passe

qui passe et qui rapace

sue le même ennui

ainsi va ma vie

dans ma tour d'ivoire

enfermée jour et nuit

avec défense d'y voir

mon cœur pleure et mon âme prie

qui saura ouvrir ma cage

au secours, je vous en prie

entendez l'appel du message

sous les ors et l'écarlate

pauvre cœur comme tu soupires

les barreaux dorés de tes pénates

blessent l'élan de tes désirs

cœur de femme outragée

qui rêve de liberté
qui crève de ne pas oser
peux-tu entendre ta fierté ?
sous le regard de l'oiseau
qui bat des ailes tout là-haut
montre le chemin de l'espérance
laisse entrevoir la possible délivrance
ainsi va la vie
chacun sur son chemin
chacun vers son destin
ainsi va la vie
mission d'âme et mission d'être
je suis riche de moi
de mon tout, de mon rien
de mon tout ou rien
exigence d'absolu
dans une vie dissolue

dissoute dans l'oubli
qui voile qui je suis
étincelle divine de l'éternel divin
descendue sur Gaïa
pour montrer le chemin
voie lactée ou champ d'étoiles
voie sacrée ou Campo Stella
l'essentiel est de marcher
sans jamais se retourner
avancer et continuer
sans jamais se décourager
infatigable voyageur
à cloche-pied sur la marelle
de la Terre jusqu'au Ciel
un, deux, trois, partez
la course est engagée
la tête dans les nuées

accomplir le grand pèlerinage
sans se soucier d'être sage
et comme le dit le dicton
il n'y a que le premier pas qui coûte
après, suivre la route
toute tracée et balisée
du berceau au tombeau
c'est tout droit
tu n'as pas le choix
faire fi du qu'en-dira-t-on
et suivre l'élan de son cœur
lui il sait où il va
il est le chemin de la vie
il est la route, il est la voie
du retour à l'Essence
de l'éternelle Présence
de l'immortelle Puissance.

17 juillet 2021.

ÉMILIE

La petite Émilie m'a dit
viens avec moi, c'est par là
je vais te montrer un pays
qui n'appartient qu'à moi
et moi je l'ai suivie
innocent et confiant
dans sa voix d'enfant
aux grands yeux ébahis
elle m'a montré un paysage
je n'ai pas regretté le voyage
l'endroit était charmant
et l'envers tout autant
elle m'a montré un univers
oublié depuis bien longtemps

où s'épanouissent les rêves bleus
où gambadent les lapins blancs
elle m'a donné un coup de vieux
en me faisant comprendre
que grandir ce n'est pas mieux
qu'il faut savoir attendre
attendre que la vie
ne voile pas d'oubli
le monde merveilleux
des enfants heureux
et se souvenir aussi
des bons moments passés
assis là à rêver
du pays sans soucis
du pays des rêves bleus
qui n'appartient qu'aux enfants sages

du monde merveilleux
des lapins blancs sans âge
et c'est ainsi que depuis
vous l'aurez bien compris
près d'Émilie je reste assis
à remonter le temps
à remonter la montre
essoufflé par la course
vaincre le sable blanc
du sablier d'argent
rire aux éclats
profiter de l'instant présent
se laisser bercer
par le chant du vent
se laisser caresser
par les rayons ardents

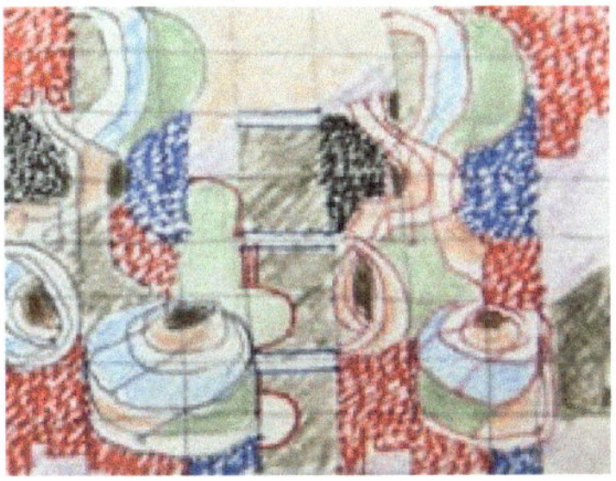

d'un soleil complice
de nos petites malices
échanges innocents
n'en déplaise aux passants
deux êtres hors du temps
citoyens des deux mondes
vivre ses rêves comme une réalité
matière tangible des désirs incarnés
se donner tout entier ici et maintenant
à ressentir la vie le cœur battant
à ressentir l'amour sans autre détour
branché direct sur l'air du temps
le temps d'une valse, trois petits tours
et puis s'en vont ou s'en reviennent
la vie c'est comme une chanson
ça vous trotte dans la tête
ça vous donne des frissons
à demain peut-être
si la vie le veut bien.

27 juillet 2021.

L'HYMNE A LA VIE

Y'a qu'ça qui compte
monsieur le vicomte
ne vous en déplaise
mettez-vous à l'aise
souriez à la vie
réjouissez-vous aussi
rien n'est fini
tout est reparti
ce n'est qu'un épisode
au plus une mode
qui se lassera
comme les autres
et puis s'en ira
rejoindre les éphémères

au firmament de l'oubli
venez danser avec nous
entrez dans la ronde
qui tourne autour du monde
chacun, chacune se donnant la main
fraternité le temps d'une farandole
chaleur humaine qui console
fait oublier le chagrin
conjure le mauvais destin
rend le sourire
aux gens perdus
qui croient que tout est fichu
qui pensent ne plus jamais rire
de tout ce qu'ils ont vécu
venez jouer comme les enfants
bac à sable et seau de plage

retrouvez l'âme de vos dix ans
la joie et l'insouciance
sont vos dons de naissance
cultivez-les comme les biens
les plus précieux
ils sont les clés
de l'ouverture des cieux
et qu'à cela ne tienne
n'en déplaise aux grincheux
heureux les simples d'esprit
car ils ont tout compris
ils seront les premiers
sur la ligne d'arrivée
venez chanter l'hymne à la vie
et oubliez tous vos soucis
courez, prenez les raccourcis

il n'y a plus de temps à perdre
soyez exact au rendez-vous
le bonheur n'attend pas
il n'a aucune patience
il est venu rien que pour vous
ne le décevez pas
vous auriez tant à perdre
gardez cela en pleine conscience
et ce serait bien dommage
toucher au but
tendre la main
et revenir bredouille
de tous ces efforts vains
venez courir dans les bois
ne restez pas là, aux abois

Dame nature est généreuse
elle sait offrir mille cadeaux
aux hommes à l'âme aventureuse
qui savent regarder avec le cœur
qui savent rendre hommage
à tout ce qui est beau
pour ceux dont le bonheur
est d'être, tel un grand sage
à l'écoute des battements de la vie
palpitation ténue qui retient l'ouïe
en alerte, juste vigilance
accord parfait du ciel et de la terre
la tête dans les étoiles
et les pieds bien ancrés
pulsion de vie qui s'élance
c'est parti, hissez les voiles

il n'est plus temps pour toi, pauvre hère
de regarder derrière
et pleurer sur ton passé
le jour nouveau est un espace sacré
honore-le comme il se doit
il ne vit que grâce à toi
et retourne au Créateur
avant que les douze coups
de minuit ne meurent
la substantifique moelle
des expériences vécues
par une humanité subjuguée et têtue
qui ne croit pas en elle
malgré ses nombreuses vertus
et se comporte tels des loups
à saccager les dons qu'elle a reçus.

14 février 2022.

ENTRER DANS LA RONDE

Accroche-toi, accroche ton cœur
à mon porte-manteau
viens te blottir, te tenir chaud
dans le cachemire de mon bonheur
respire, regarde comme c'est beau
tout doux, tout chaud
comme tes deux seins
dans mes mains
serrés, blottis comme des poussins
comblés, heureux
qu'on prenne soin d'eux
respire, respire à pleins poumons
goûte, savoure comme c'est bon

l'air épicé qui nous arrive
tout droit venu de l'autre rive
tout droit venu de notre rêve
réalisé, accompli, pari tenu
promesse du matin
soleil matinal, complice et mutin
réchauffe et gonfle nos cœurs
emplis de mille et une saveurs
c'est important
de faire rire les enfants
c'est important
de faire chanter le cœur des gens
déposer une touche de légèreté
en toute liberté
ensemencer de la joie
l'ensemble d'une journée

pour mieux repartir toi et moi

instant suspendu, baisers volés

un temps inconnu

nous est donné

savoure, savoure l'instant présent

cadeau du ciel, du firmament

cadeau de l'ici et maintenant

déposé à tes pieds, légers et menus

toujours prêts à s'élancer

entrer dans la ronde

dans la danse du monde

le cœur léger

la tête dans les étoiles

sans se soucier du temps qui passe

tu vas, tu vires, tu voltes-face

emportée, étourdie

par le mouvement de la vie

tu chantes, tu ris, éclat de bonheur

instants précieux dans le temps suspendu

qui nous révèle un temps inconnu

qui tourne, tourne sur son axe

côté jour et côté nuit

côté pile et côté face

toujours changeant, toujours mutant

et pourtant pareil au même

dans l'éternel présent

de ton regard d'enfant

écoute, écoute venir le vent

t'apporter les nouvelles du moment

t'informer des lumières du temps

laisse-le jouer dans tes cheveux

caresser les paupières de tes yeux

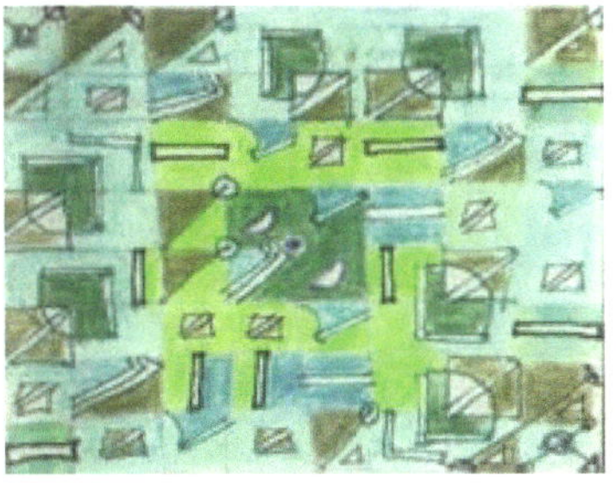

frivole et voluptueux

tourner trois petits tours

et puis s'en vont

ainsi font, font, font

comme le dit l'autre chanson

ainsi va la vie

dans ce matin ébloui

par tant de lumière

par tant d'éclat

éclat de rire, éclat de verre

éclat de tout ce qui se casse

pour mieux se recomposer

dans une autre vérité

magie de l'être, magie de l'instant

enchantement, le nez au vent

respire, respire à pleins poumons

toutes les grâces

tous les cadeaux

du jour venu, du jour nouveau

qui se tient là devant toi

prêt à t'aimer, à te séduire

et à t'ouvrir les bras.

20 juillet 2021.

L'AMI GEORGES

Et voili, et voilou
mon petit loup
mon petit sucre d'orge
viens avec moi chez l'ami Georges
nous y boirons un coup
nous referons le monde
l'espace d'une seconde
nous déposerons nos peines
le temps d'une semaine
c'est par ici, c'est par là
suis le chemin
c'est tout droit

le long de la rivière

où miroite la lune

au centre de la clairière

la maison de la dune

vois la lumière à la fenêtre

le réconfort de l'âtre chaud

ressens de nouveau le bien-être

savoure la cannelle dans le vin chaud

regarde passer les hirondelles

elles vont et viennent

depuis la nuit des temps

messagères du printemps

du retour des temps heureux

porteuses de bonnes nouvelles

elles annoncent la venue de l'amoureux

visite prochaine

passage à l'improviste

calme ta haine

et ne sois pas triste

il n'est plus temps de ruminer

sur les déconvenues du passé

ouvre ton cœur à l'avenir

tends tes bras à l'inconnu

sois disponible à l'imprévu

il vient féconder ton présent

et dépose à tes pieds

des cadeaux d'une rare beauté

comme tu n'en as jamais rêvé

même dans tes rêves les plus insensés

te voici maintenant bien parée

de tous ces joyaux, bien ornée

ils ne pouvaient être mieux portés
que par toi, ma belle dulcinée
ma fiancée au cœur pur
et à l'âme belle
qui scintille et brille comme un diamant
lumière pure qui attire l'amant
qui répond derechef à l'appel
car il ne peut en être autrement
telle est la loi de l'univers
la vie réunit ceux qui s'aiment
mais il faut le vouloir vraiment
pas de place au moindre doute
il faut y croire totalement
cœur et âme unis dans la même foi
humilité dans le respect à la loi

divine volonté ne se discute pas

car telle est bien là

l'ultime vérité

tous les êtres ici-bas

s'y soumettent, conscients ou pas

et nulle place à la rébellion

il n'en est même pas question

le décret est si puissant

qu'on l'appelle loi d'attraction

ciment de la vie, magnétisme implacable

universelle glu au pouvoir redoutable

qui conforte les âmes et les êtres

à devenir ce qu'ils n'ont jamais

cessé d'être

à révéler leur intime pureté

diamant bien caché

au plus profond de l'humain
par un facétieux joaillier
maître d'œuvre à la divine main
regarde le petit oiseau
de toutes les couleurs
il chante, chante à tue-tête
il chante dans nos cœurs
lève-toi, demain peut-être
il fera jour
ce sera le grand jour
le grand jour de l'amour
qui s'en vient à tire-d'aile
qui se pose sur la rose
à peine éclose du matin
et déverse ses mille pétales
qui se dépose dans chaque cœur
pluie parfumée, ondes pensées

d'une nouvelle conscience
dans la magnificence
d'une fraternité révélée
d'une solidarité retrouvée
avec l'ensemble de la vie
dans un unisson bien compris
ce petit oiseau
s'en vient à tire-d'aile
et apporte de joyeuses nouvelles
de l'ensemble du pays
des confins des deux mondes
il a volé par-dessus les ondes
pour venir jusqu'à moi
c'est vrai qu'il vient de loin
n'a pas ménagé ses efforts
c'est sûr qu'il prend grand soin
de m'apporter du réconfort

m'assurer que je suis sur la bonne voie
me rassurer sur la justesse
de mes efforts
il a volé toute la nuit
pour être présent dès le matin
perché sur le vieux puits
son chant flûté résonne
annonce les lueurs de l'aube
et le sourire du soleil
qui s'en vient, radieux
éclairer le monde de sa personne
ému par le chant mélodieux
de l'oiseau têtu et persévérant
au trille sans pareil
quel merveilleux réveille-matin
que la vie m'offre là

on ne pouvait rêver mieux
pour se lever avec entrain
et accueillir le jour nouveau
riche de toutes les promesses
riche de toutes mes prouesses
pari tenu, c'est accompli
voilà une journée bien remplie
qui s'en va comme elle est venue
ainsi passe le temps
le temps des amoureux
qui n'a pas d'états d'âme
ainsi passe la vie
qui poursuit son chemin
slalome entre les chagrins
et autres soucis du quotidien
pour enfin toucher au but
finish, ligne d'arrivée
conscience et cœur

ensemble rassemblés
dans un même entrain
en un même refrain
visent à un monde meilleur
enfin respectueux
de chaque être vivant
toujours soucieux
de la joie des enfants.

12 avril 2022.

AINSI VA LA VIE

Pour moi la vie va commencer
ce matin le soleil
me tire d'un si long sommeil
je sors de mon hibernation
comme un glaçon qui fond
et m'éveille, m'éveille à la vie
m'étire et sors du lit
un oiseau de toutes les couleurs
chante ses trilles, lance ses vrilles
par la fenêtre grande ouverte
je vois les vaches blanches et rousses
les pommiers, la fille du voisin
et le chien à ses trousses

ainsi va la vie

de si bon matin

de si bon chemin

pour toi la vie va recommencer

laisse passer les chagrins endurés

les joies, les peines

du pareil au même

ouvre ton cœur sur le printemps qui vient

la vie c'est comme un refrain

joyeuse ritournelle qui tourne

et tourne sans fin

comme une danse qui s'élance

te tient et ne lâche rien

entêtante comme un parfum

qui embaume tout le matin

qui embrasse le jour sans fin

qui enchante le soir divin
et te laisse la nuit
pour mieux rêver de lui
ainsi va la vie
de si bon matin
de si bon chemin
pour nous la vie va s'enjouer
toi et moi, maintenant on s'est trouvés
plus rien ne pourra nous séparer
ensemble pour l'éternité
unis à la vie, à la mort
coquin de sort, coquin de sort
le soleil et la lune en rient encore
quel bon tour la vie nous a joué
heureux hasard, destin chanceux
de s'être rencontrés, de s'être reconnus
hier encore de l'un de l'autre inconnus

tout semble nous sourire
et nos cœurs s'ouvrirent
pour embrasser le monde
pour embrasser les ondes
et inonder de mille rayons
le chœur des hommes
qui chante à l'unisson
la même célébration
ainsi va la vie
de si bon matin
de si bon chemin
que c'est bon d'être là
dans un été sans fin
toi, moi, nous enfin.

19 juillet 2021.

BONHEUR

Trouvons notre bonheur
notre joie intérieure
malgré le temps pourri
qui plombe nos envies
qui coule notre moral
et sape l'élan vital
le long des vitres embuées
par le déluge des nuées
trouvons notre bonheur
notre soleil intérieur
dans les plaisirs de la vie
petits moments de rien du tout
aux yeux des cœurs endurcis
petits moments de gagne-tout

pour ceux qui savent percevoir
le monde derrière le miroir
trouvons notre bonheur
notre réconfort intérieur
par monts et par vaux
par-delà tous les maux
c'est ici que ça se passe
dans la vie qui se prélasse
dans la beauté manifestée
des sentiments du cœur vibré
trouvons notre bonheur
par-delà les soucis
les tracas de la vie
d'un quotidien sans saveur
le soleil brille
pour chacun d'entre nous

les étoiles scintillent

sur nos rêves les plus fous

c'est ici, c'est par là

c'est maintenant, tout le temps

que ça se joue

en chacun de nous

en chacun de vous

trouvons notre bonheur

tous ensemble dans le même bain

à manger le même pain

pain de vie évidemment

accordé, don de naissance

tout au long de l'existence

sans la moindre réticence

générosité sans pareille

la vie est une merveille

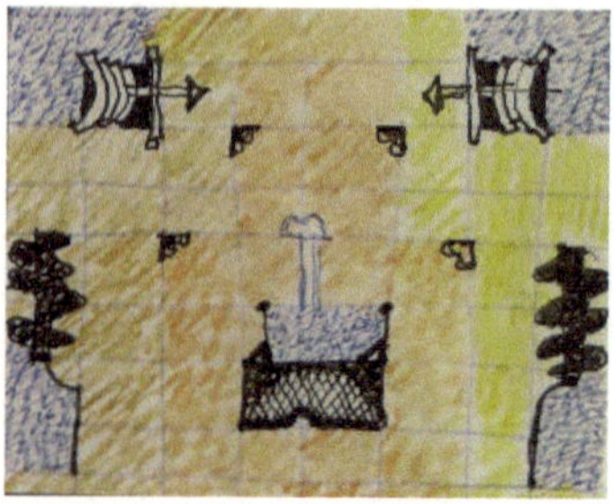

qui s'apprécie jour après jour
sur le chemin du parcours
du berceau au tombeau
c'est le seul vrai cadeau
que l'humain possède pleinement
trouvons notre bonheur
par-delà les dénuements
de toutes sortes
matériels, émotionnels, spirituels
qui frappent à notre porte
au-delà des nutriments
qui nous réjouissent
l'espace d'un instant
et s'évanouissent en peu de temps
regrets, remords, pauvre réconfort
éphémères plaisirs

ce carrousel nous inspire
et nous aspire puissamment
trouvons notre bonheur
dans la vraie bonne humeur
la joie simple du partage retrouvé
de l'élan du cœur éprouvé
instant fugace porteur d'éternité
instant sagace vecteur d'êtreté
entrons dans la ronde
qui fait danser le monde
donnons-nous la main
fraternité du genre humain
tous ensemble, tous ensemble
chantons à pleins poumons
rendons hommage à ce fripon
trouvons notre bonheur
dans nos élans du cœur

à moins que ce ne soit lui
qui nous trouve aussi
pour nous donner la main
s'élancer sur le chemin
chemin de vie, mission d'âme
parcours de toute une vie
jamais seul, tous reliés
l'humanité enfin réunifiée
accomplit un rêve éveillé
porté en chacun de nous
nous sommes un tout.

9 mai 2022.

UNE FENÊTRE EN HIVER

Une fenêtre en hiver
couverte de givre
la tête à l'envers
d'avoir été trop ivre
de tous les mots
écrits pour toi
de toutes les lettres
gardées en moi
une fenêtre en hiver
qui regarde la plaine
perdue au lointain
entre brume d'hier
et neige de demain
paysage paisible

de la campagne sereine
apaise mon cœur
de ses lourds chagrins
une fenêtre en hiver
fermée sur ses regrets
les espoirs déçus
d'un cœur entr'ouvert
brisé dans son élan
par trop de retenue
et qui pleure, désabusé
de sa déconvenue
une fenêtre en hiver
qui s'ouvre sur demain
la promesse d'un printemps
de la vie qui revient
la promesse d'un enfant

arrivé de nulle part
que personne n'attend
et qui frappe à la porte
une fenêtre en hiver
s'ouvre sur un soleil radieux
un enfant nous est né
lumière divine
et son rire joyeux
comme une eau cristalline
s'élève du berceau
dans la chambre d'à côté
une fenêtre en hiver
s'est pour toujours refermée
laissant place à l'été
et à toute sa gaieté

la chaleur du cœur

dans la joie partagée

irradie son bonheur

dans la maternité.

6 janvier 2023.

TABLE

Achevé d'imprimer par Print Book

2025